黒い雲と白い雲との境目にグレーではない光が見える

26人のがんサバイバー　あの風プロジェクト

左右社

告知があった、あの日から。

嵐のような風に、心が揺さぶられる日もありました。
目をふさぎ、耳をふさぎ、閉じこもったりもするけれど。
今まで気がつかなかったこの世界の意味を、
風が優しくはこんできてくれることもありました。

さまざまな風に吹かれるたびに、
私たちは数えきれないほどの喜怒哀楽をしめすけれど
そのどれもが大切で、どれも忘れたくないと感じます。

忘れたくないあの日の風を
短歌という31字のことばの中に、ぎゅっとつめ込みました。

そんな「ことばのお守りたち」の中に
あなたの心に寄り添うものが、きっと見つかりますように。

目次

I

26首の短歌

またがんと生きる私に十字架を差し込むごとく天窓の陽は

見たらわたしよりも苦しむのだろうか　母がまだ見ぬ胸のきずあと

朝なのに寝たら元気になるはずなのにてんびん座は今日1番なのに

五時過ぎの朝日が空を赤く染め夜の孤独が涙に溶ける

イヤフォンでふさぐ産声　婦人科と産科を兼ねた待合室で

通り魔のような「子どもはまだなの？」にどうして笑わなきゃいけないの

蝉の声まぶしく耳をつんざいて歪んだ脳に「生きろ」と響く

シャンプーよ生命保険よマスカラよ闘う私が買うと思うな

コンビニでお弁当買って海へ行こうヒトリデイキルを絞り出すから

深い青　三浦海岸　エヴァの海　宿らない赤　私の子宮

鍵もたず朝の玄関でるように母と別れた手術室前

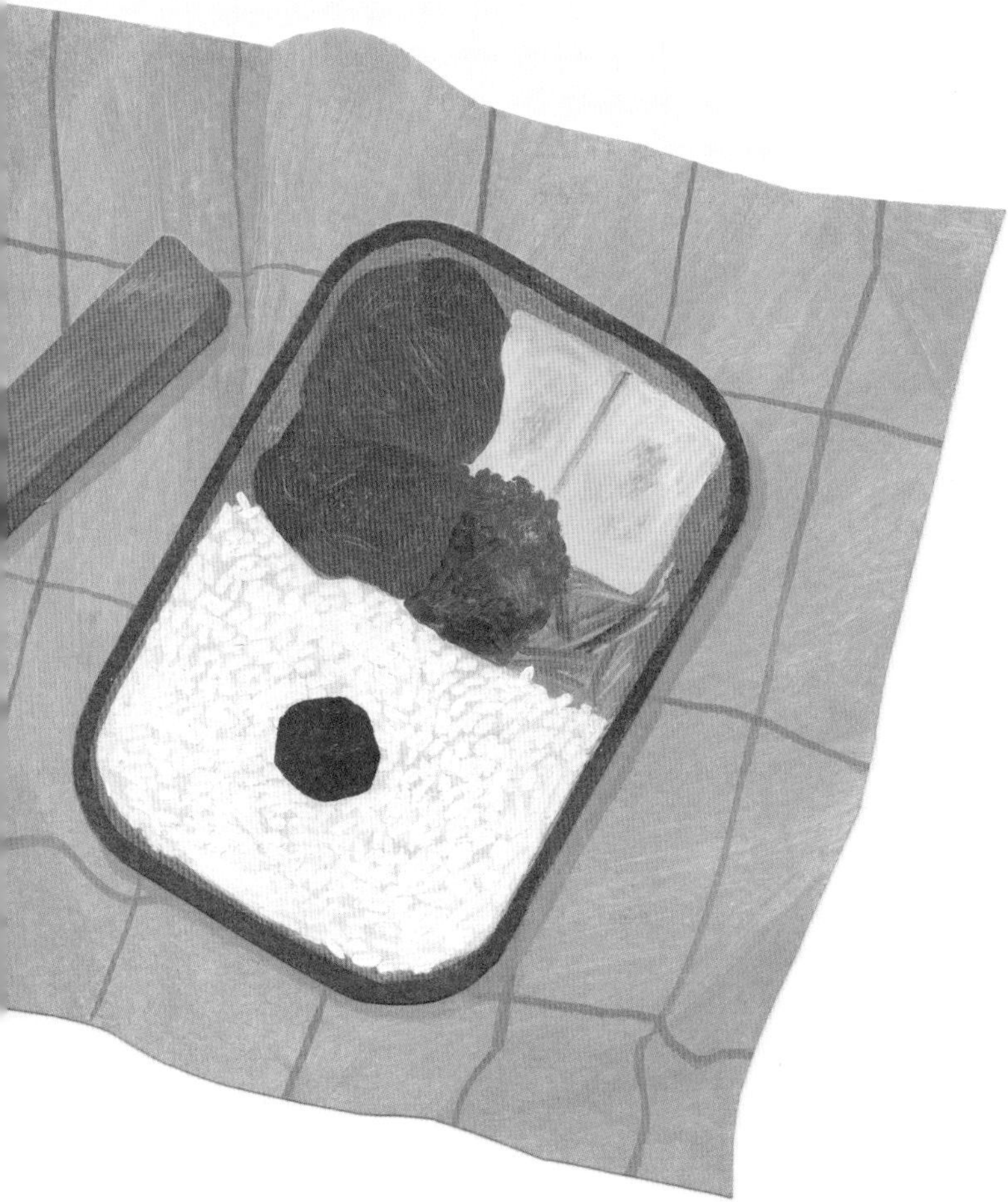

神様は不公平だとうなだれる私をなだめる「いいね」の♡

ひんやりとした食堂に火が灯る電話口から子の声洩れて

黒い雲と白い雲との境目にグレーではない光が見える

生まれたての傷をいたわる初めての沐浴に似た戸惑いの手で

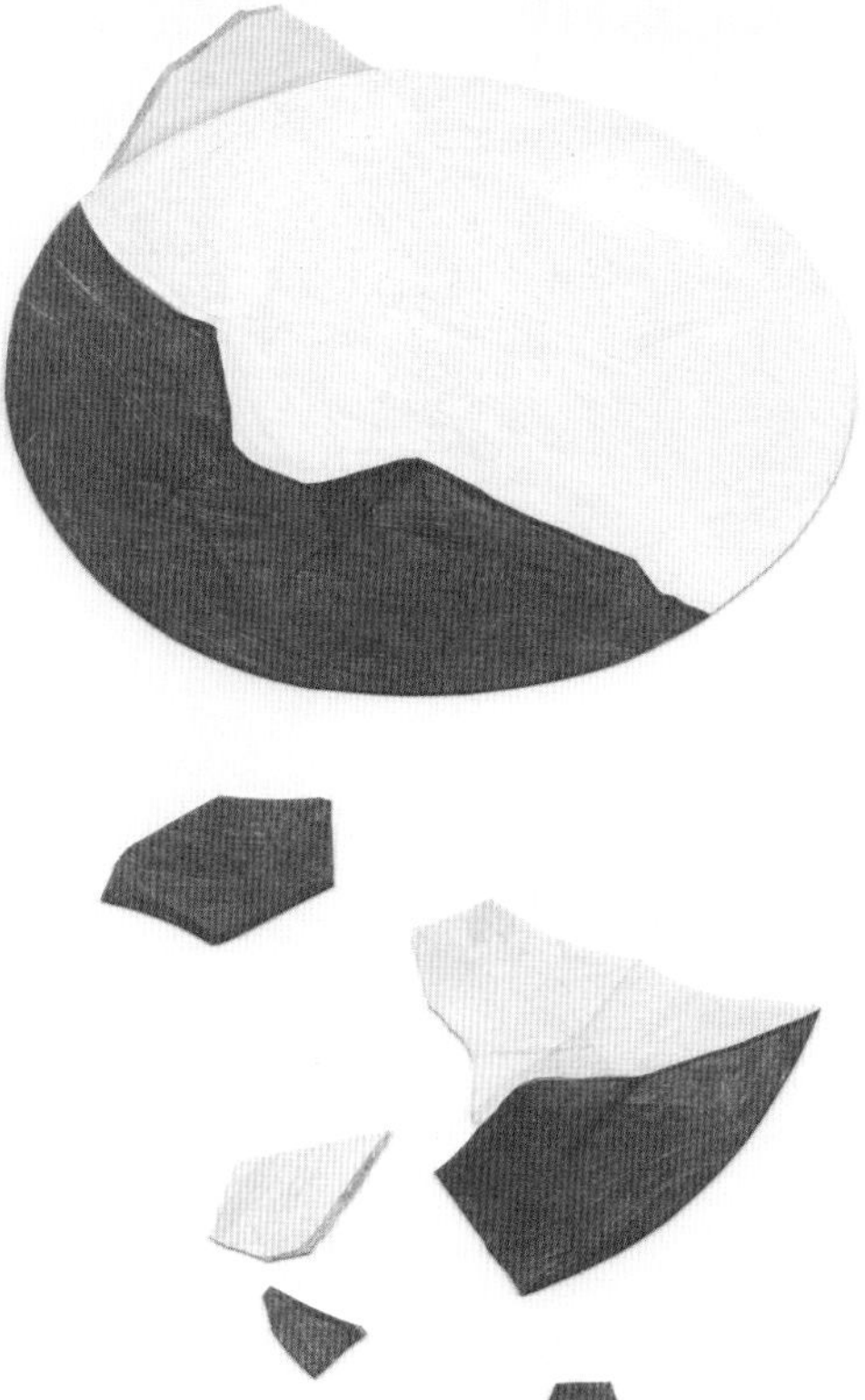

集まった23個のお守りを並べるたびにしあわせなみだ

ゴム手してストッキングを脱ぎきって風呂で浮き出た傷は勲章

ガラス越しでも分かる「ママ抱きしめて」　うん、今日からはまた一緒だよ

退院の黄色いスカートかぐ犬と目が合ったとき言えた「ただいま」

秋空と色付く稲穂蕎麦の白カンボジアの夏から続く生命

かほさほを守ってくれた子宮さん、ありがとう、かほさほはげんきです

シロップのツラして映えてる抗がん剤

#フラッシュバック #嘔吐 #鳥肌

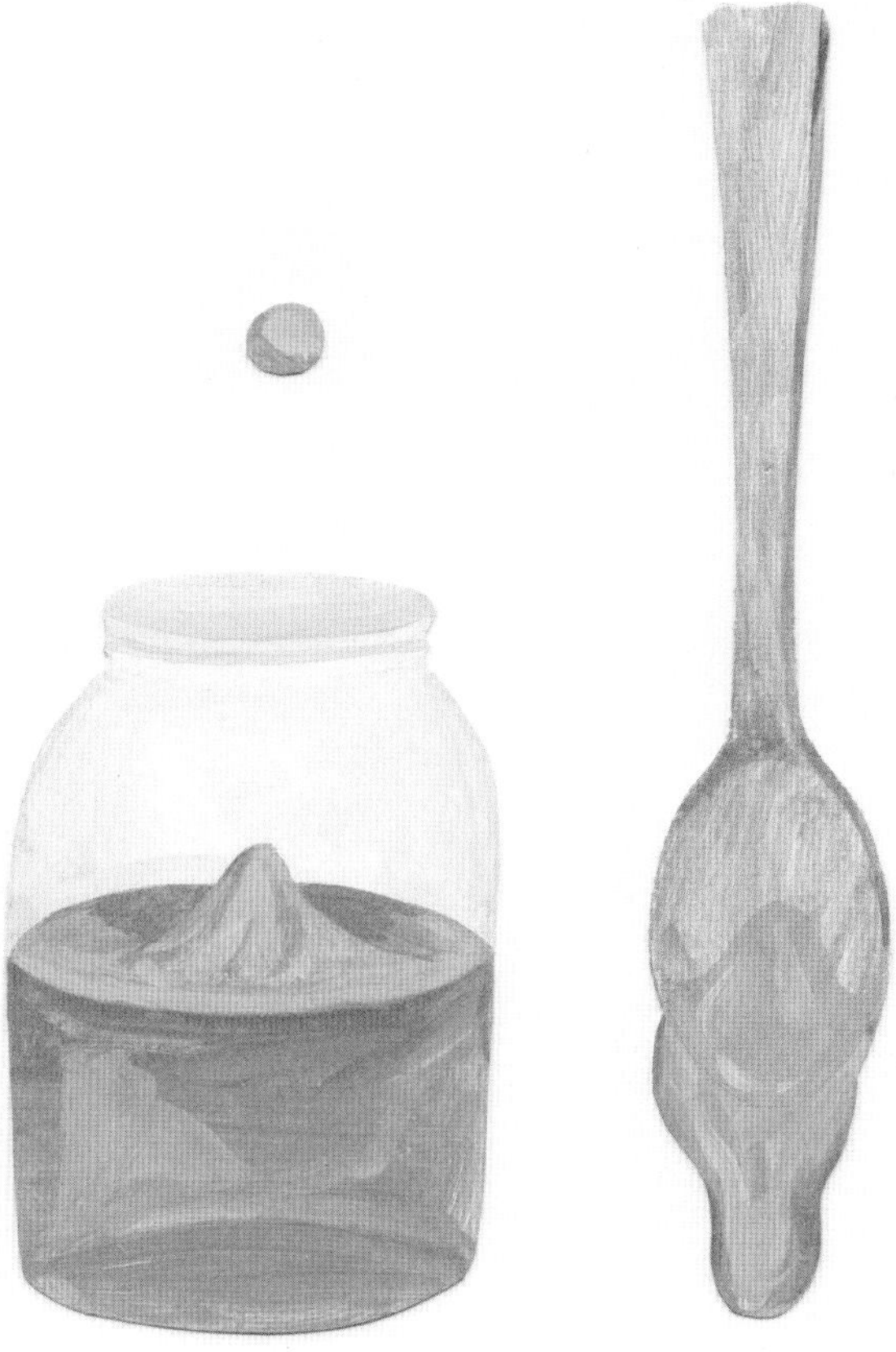

嬉しそうな顔見てつられほころんでちっぽけな幸せの連鎖だ

幾度でも愛でてあげよう手術痕わたしを生かす薄桃のすじ

冬瓜がとろり澄みゆく瞬間を見逃さないこと生きてゆくこと

再発も転移も私とチームから笑顔は奪えない　この先もずっと

Ⅱ 連作

猫は連れて行けない

ガンと鳴るドラマチックな幕開けに生命線の行方をよめず

治療期間10年続くと告げられて　わたしは10も歳をとるのね

ステージ4　告げられて口をついたのは「がーん」だったお笑いみたいに

何気なさ装っている君の手の生きる温度がわたしを包む

「ご家族も一緒にどうぞ」先生は言うけど猫は連れて行けない

宣告の帰りの道で振り向けば「ずっといたよ」と死がほほえんだ

叶うこと叶わないこと数えても数が合わない答えが出ない

おいおいと電話越しの母一点を見つめるわたし静止画だった

暗闇にじっと佇み「ただいま」と遅れて灯る蛍光灯に

これ以上増えない孤独がここにいて抱きしめるには少し足りない

もうなにもかんがえたくない午前2時死ぬのが怖くて死にたいなんて

はらはらと粒子になって飛んでゆく誰かが踏んだ私のぬけがら

がんばる前向きあきらめない患者はいくつこなせばＯＫですか

ひとさじの女性ホルモンがかき乱すバイオリズムにただ身をゆだね

闇雲に本の世界に飛び込んで孤独な冬の匂いを嗅いだ
明日からわたしがいないこの部屋の波打つ髪を吸いためておく

祈りの儀式

検査日は這いつくばって副作用と涙こらえるスタンプラリー

いつもは刺す側の私が点滴を受けるわたしに興奮してる

外来でしおり代わりの受付紙ページを超えて4時間半ぶん
読む音も漢字もおなじ人がいて違う命の息をしている
仲の良い親類たちの近況とゲノム医療にざわめく心

病室で花の刺繍をしています（これは祈りの儀式なのです）

ギモーヴはフシャッと消えて腹のなか口には甘さだけが残った

高熱が病室に星を散りばめてひとりぼっちのわたしを浮かべる

ひと粒の薬にからだを乗っ取られわたしがわたしでなくなるわたしは

すぐにでもねむりぐすりはやめたいな催眠術じゃだめなのかなあ

もういいか　いや生きようか　手のひらで揺れるくすりは命のサイコロ

髪の毛と眉毛と睫毛それとそれと目には見えない鼻毛ください

全力でからだを削るかき氷は水へと儚く世界から消え

病院のアスファルトに散る花びらは患者の夢だとか希望とか

患者用リストバンドのＱＲコードに「わたし」の歴史が積もる

傷のない最後のからだ温める　がん病棟の展望ジャグジー

ミナオダヤカニスゴセマスヨウ

ハムスターもふ尻だけの写真集眺める手術待ちのひととき

前向きにならなくもない執刀医に令和第一号と呼ばれて

ステーキを切るところ一度みてみたい　外科医の手術　その手さばきを

泣き言をいわない私を抱きしめて母は有り余る愛をくれる

死んだ犬が待ってるという虹の橋　天国行きの途中で寄るね

広汎子宮全摘出術9時間の眠りはまばたきひとつで終わる

お見舞いの友と摘まんだあまおうの種より多くの思いあふれて

再発の恐怖は絶叫マシンぽくてそれならいっそはしゃぎきろうか

消毒液の匂いの中と雨の中で眺める花火は美しかった

退院の日は自転車でまひるまのイオンにいってスガキヤ食べたい

空蝉がじゃあねじゃあねと鳴いている　わたしは残る現身のまま

明日から普通の日々が始まって今の普通が特別なんだ

ＥＮＴの日かいた短冊【ミナオダヤカニスゴセマスヨウ】

暗がりで犬が老いても見えるよう私はいつも光っていよう

患者用リストバンドで踊ろうよＢＥＤＲＯＣＫで電グルの「虹」

病院のドアが開いて風薫り　瞬間にもう思い出となる

秋の帽子

目が覚めて秋のにおいを吸い込んだ3日前まで夏だったのに

「がんはもう忘れていいいよ」辛い恋振り切るように外来を出る

そろそろと踏み出す一歩　変わらないはずの車の流れが早い

看護師も医師も居ないよ自宅には無地のカーテンそぉっと開けた

天空の病室を出て日常へ傷かばいつつ納豆まぜる

サバイバーになった日から付けた手記　1ページ目の文字はおぼろげ

いつまでも夜のふとんのキャンバスに犬とふたりで「太《た》」の字を描こう

片胸に埋まるまあるいシリコンが闇夜に光る蛍みたいに

手術痕を見せ合って語る露天風呂のふたりをつつむ満天の星

友とみた夏の渓谷に一人立ちあれから五度目の紅葉色付く

あの人の病の記憶にすむ私良い思い出になること願う

次の世に生まれ変わって来れるなら医者になりたい先生のような

学生のはしゃいで歩く群れにまだ病気知らずのわたしが見える

金髪のパンチパーマを揺らしてるおばちゃんくらい生きれたらなあ

父からのAmazonの箱捨てられずちいさくたたんで押し入れに置く

風が吹くにおいがちょっとつめたくて秋の帽子を買いに行かなきゃ

Ⅲ　サバイバーストーリー

「まさか私が…」の、そのまさか

はろさん

三十七歳目前の頃に人生初の人間ドックを受診し、三日後に検診センターから電話があり、要精査を伝えられました。誕生日を迎えた三日後、軽い気持ちで受診。診察室に入ると異様な空気感。話が今ひとつ掴めないまま、突然あっさりと「八割方がんなんで」と言われました。その瞬間、「え？　今何て？　私がん？」と、「まさか私が…」をリアルに経験。「私」と「がん」が繋がらず、あまりにも恐怖過ぎて平静を装うことで必死でした。
三年経った今も忘れないあのときの恐怖感が、まだ死ぬ訳にはいかないと、治療を続ける力となっています。本当に突然の告知は誰にでもあり得るものなんだと、このときの気持ちだけは絶対に忘れたくない、忘れてはいけないと思い、ここに残しました。

苦笑して軽く言われた「癌」一字言葉を飲めず息ができない

十七歳　失った最後の青春によって得たもの

炭酸水子

私は十七歳でがんを告知された。周囲が私の分まで悲しんで心配してくれたため、私は常に笑顔で大丈夫だからと明るく振る舞うようにしていた。告知から手術まであっという間だった。しかし、本当に苦しいのは抗がん剤治療が始まってからだった。治療中は身体もだるく、ベッドの上にいる時間が長くなった。勉強の集中力もなかなか続かず、必然的に自分の内面と向き合う時間が増えた。たまに学校に行き、友人達が最後の高校生活を楽しみながら受験勉強に向き合う姿を見て私は一体何をやっているのだろうかと悩み、何度も夜中、ベッドの上で人に見られないように声を殺して泣いた。そんななかでも病院で出会った方々との交流は一生ものの経験となった。

窓のむこう青からやがて深色へ心も深く闇夜に堕ちる

揺れる思いと向き合う日々

金塚敬子

二〇二〇年一月に手術を受けたのは、東京・築地にある国立病院。術後半年検診の日、傷も癒えて日常に戻っていたものの、気持ちは揺れていました。

「なにごともないだろう」という楽観が七割、漠然とした不安が三割。

そこで外来前、病院のすぐそばにある築地本願寺にお参りに。特別な信仰を持たないわたしですが、やはり寺院には心鎮めるパワーを感じます。

多くのがんは治療後五年でひとまず卒業となるそうですが、私が罹患した胸腺腫の場合、十年以上経過してから再発するケースも多いとか。

大丈夫だよね、いや大丈夫じゃないかも。揺れる思いと向き合う日々は続きます。

大丈夫、大丈夫じゃない　7対3　外来前の築地本願寺

嫌な待ち時間も優しい時間に

猫由

五カ月の間に三回も手術を受けなくてはならなくなり、比較的軽めの第二回目の手術のときは、開始時間がきっかり何時からとは知らされず、朝八時から待機状態で病室で待たされていました。夫は、ずっと寄り添ってくれていました。

正午、まだ声がかからない。午後二時、まだ呼ばれない。手術前は前日夜から飲食禁止なので、喉はカラカラ。お腹はグーグー。待たされるイライラ。心配。

そんな私に、夫は、「まあ、これでも一緒に見よう!」と持ってきたキンドルで『ハムケツ写真集』というハムスターのまん丸なお尻の写真だけを集めた本を見せてくれました。もたれかかった夫の肩の逞しさと優しさに救われた気がしました。

ハムスターもふ尻だけの写真集眺める手術待ちのひととき

空っぽの心に響いた応援歌

佐々木千津

七月、暑い夏の日脳転移を告げられた後の緊急入院でした。病室の窓から見えるのは、脳転移を告げられどんより曇り空なわたしの気持ちと真逆な澄んだ真夏の青い空。そして絶え間なく聞こえてくるのはミンミン蝉の声…蝉の一生は短いと言われています。短い命のなか、子孫繁栄のために力強く鳴く蝉の声は、告知後空っぽになったわたしの心と脳浮腫で歪んだ脳に「生きろ」と鳴いてくれているような気がして、いつもなら「あぁーうるさい」と、うっとうしく感じる真夏の蝉の大合唱も、入院中のわたしには眩しく強く、まるで自分への応援歌のように聞こえました。

蝉の声まぶしく耳をつんざいて歪んだ脳に「生きろ」と響く

ゴールは先生の診察室

rina

抗がん剤治療中の検査では、毎回副作用の吐き気と闘いながら、車で一時間の病院まで這いつくばって通っていました。病院に着くと、採血、レントゲン、エコー、マンモ、触診とスタンプラリーのように検査室を回り、ゴールは先生の診察室でした。辛いとき、もう嫌だと挫けそうなときは空や天井を見上げてこぼれそうな涙を何度も堪えていました。先生の「合格です!」の言葉を背に病院を出るときは、達成感と嬉しさ、安堵の気持ちで空を見上げることができました。

治療が落ち着いた今、再発や転移は大丈夫かと不安に駆られるときもありますが、「未来の自分のため」と十分頑張ってきた日々をエールに、自分らしく元気に過ごしています。

検査日は這いつくばって副作用と涙こらえるスタンプラリー

においの記憶

中川裕子

赤ちゃんはミルクのにおいがする。母親にとってそれは幸せなにおいだが、私にとってはすこし違う。

がんを宣告されたとき、私には二歳の息子と一カ月の娘がいた。宣告は辛く、泣いてばかりいたが、そんななかでも子供たちは明るく逞しかった。心が潰れそうな夜は、眠る二人のにおいを目一杯吸いこんだ。ミルクのような甘いにおいと子犬のような香ばしいにおいは、不思議と心を落ち着かせ、前を向くことを教えてくれた。

退院し日常が戻っても、幸せが脅かされた恐怖と再発や転移への不安は消えないが、あのときのしっとりと温かいにおいの記憶は、いまも私の背中をそっと押してくれる。

明日からわたしがいないこの部屋の波打つ髪を吸いためておく

ねむりスイッチがみつからなくて

石原裕子

もうそろそろ薬なしでねむれるかな。

睡眠薬に頼りはじめ数カ月経った頃、副作用があるし薬代もかかるのでそろそろ辞めたいなと思い始めていました。毎晩寝る前に薬一錠手にし、一瞬悩んでつい飲んでしまう。睡眠薬はねむりスイッチで今思えばあのとき「薬なしじゃ寝られない」という思い込みの術か何かにかかっていたのかもしれない。

この短歌は医療従事者の方から「よくねむれる飴と言ってあげたら寝られるようになるかもね」という言葉からヒントを得て詠みました。

五円玉でねむれるのかな？　目は覚めるのかな？

すぐにでもねむりぐすりはやめたいな催眠術じゃだめなのかなぁ

友とわたしの苺一会

ひびの祈り

二〇二〇年二月一二日。東京。手術を二日後に控えた午後、友人がお見舞いに来てくれた。彼女が私の手術を知ったのはメールをくれた前夜だった。二児の母の彼女が予定を急遽調整して来てくれたことを察すると感謝しかない。デイルームで彼女がくれた苺を二人で食べた。見たことのない大きな「あまおう」は種がいっぱいだった。「あまおう」を頬張りながら病気のこと他愛のないことを話していたら、たくさんの思い出や感情が溢れた。彼女と出逢ったのは一九九六年。大阪。出逢ってから随分と月日が経ち数えきれない時間を積み重ねていた。友達へのお礼の気持ちをこめて、この日のことを忘れないように短歌にした。

お見舞いの友と摘まんだあまおうの種より多くの思いあふれて

残したものはたくさんあるのに

yossy

東日本大震災の前年、夫が亡くなりました。若くして逝きましたが、身近にいた者としては実りある人生だったと思います。残したものを私以外の人に伝えたいと思うこともあります。

でも、それを第三者に伝えるのは難しいものです。「辛い記憶を掘り起こさせてしまった」と戸惑う相手を前に、言葉を飲み込んだことが何度もありました。故人の最期で故人の全てを語って欲しくないんだけどな…と思ったのが、この歌につながっています。

私自身、がんサバイバーとして他者と接したときに「可哀想な人」と一線を引かれた気がして戸惑った経験があったので、気づけたのかもしれません。

思い出は最期の記憶に沈められ彼をそこから引っ張り出したい

未来よりこの瞬間を生ききる人生

マツイアヤコ

父が白血病で他界してすぐAYA世代で罹患し、キャリアも断念。命には限りがあると感じ、今この瞬間を濃密に生きてきた。仕事人間だった私が登山にゴスペル、特に十年目がん卒業の節目に出たフルマラソンはもはや生き甲斐となり、全国海外の大会へ、十五年目には一〇〇㎞レースへ。けれど、完走直後の誕生日に再発がわかり、またやり直しが始まった。元の自分に戻れたのはたった五年。一旦、元気になったゆえの今さら感。もう一度あの場所へ、その意志だけが私を前に進めているけど、体を操られているような副作用で以前のようには走れない。長さでも太さでもなく、がんと十分、生ききった。これがあと七年続くなら、命よりも今を取る？　そんな揺れる想いと一緒に今日も一粒。

もういいか　いや生きようか　手のひらで揺れるくすりは命のサイコロ

がんのせいにしないで私らしく

moe

AYA世代で罹患した私は、辛いことが重なり、周りのライフステージの変化を妬むように「がんのせいで何もかもうまくいかない」と、同じ歳の先輩サバイバーに愚痴をこぼしたことがありました。そのとき、友人から「それはがんのせいじゃないと思う、いずれにしても上手くいかなかったと思うよ」と言われ、何もかも〝がんのせい〟にしていた自分に気がつきました。がんだから叶わないこと、できないことばかりではないし、経験をした私だからこそできることもたくさんあるのではないか、という考えかたができるようになりました。この経験を無駄にしたくはない、価値に変えてこの先も私らしく前を向いて生きていきたい、そう思っています。

「がんだからできない」ことを「だからこそできる」に変えたきみの激励

チーム と私、いつも一緒に

加藤那津

がんになって十一年。再発や転移を経験し今はステージ４で終わりのない、先の見えない治療が続く。初めてがんと言われたときは、相談できる人がおらず、まだ「私のチーム」は存在しなかった。孤独だった。しかし、治療を重ね、日々を重ね、経験を重ねていくうちにいつの間にか私の周りには私を支えてくれる「私のチーム」ができた。そのチームには主治医の先生だけでなく、家族だけでなく、多くの医療従事者の方々や病気を通して出会った仲間が加わった。だから、再発の告知を受けても転移の告知を受けても落ち込み過ぎず、また笑顔になって前を向いて進んでいる。きっと最期を迎えるときまで「私のチーム」に支えられ笑顔でいられるだろう。この先もずっと。

再発も転移も私とチームから笑顔は奪えない　この先もずっと

がんで出会えた仲間が生きる希望に

ヒダノマナミ

がんを罹患し不安に思っていたときにSNSで支え合っていた仲間がいる。そんな同志に会いたいとオフ会を企画した。十人くらいの人数が集まり、最初はもちろん緊張したけど同じ悩みや不安を抱えた仲間はすぐに仲良くなった。がんも寛解し、病気で辛い思いをすることも少なくなってきた今でも仲良くしてもらっている。ある日そんな仲間と一緒に温泉に入った。傷痕が残るお腹を見ながらあのときは「あぁだったね」「こうだったね」と、他のお客さんを気にせず病気の話を含め色々と語った。他にもたくさんの仲間がいる。みんながいなかったら生きる希望を見つけてなかったのかもしれないと思うと感謝の気持ちでいっぱいです。ありがとう、これからもよろしくね！

手術痕を見せ合って語る露天風呂のふたりをつつむ満天の星

今もこれからもこのときを

植田ゆり

現在十六歳の犬とふたりで暮らしている。犬の十六歳を人間の年齢に換算すれば八十歳、老犬と病人でお互いに支えあうような恰好で毎日を過ごしている。
この犬、夜はかならず私の脚の間に挟まるようにして眠る。ちょうど「太」の字になるように。足元の温もりを確かめながら、ふと「犬も私も、いつまで生きていられるのか」と考えてしまうことがある。けれど寝息と共に脚に当たるひげの感触に〈今のいま、私たちは生きてるんだ〉という実感がわいて、この瞬間があるから明日も頑張ろうと思えるのである。だんだんと老いてくる犬と、病気の私。この温かくて甘い時間が少しでも長く続いてほしいと願っている。

いつまでも夜のふとんのキャンバスに犬とふたりで「太《た》」の字を描こう

忘れても大丈夫

岡野大嗣

忘れたくないことを忘れてしまってもいいように、僕は短歌をつくっている。心が動いた瞬間の、景色や香りや手ざわりや音。そういうものを、短歌は代わりに覚えていてくれる。短歌のかたちに残せば、読むたびにそのときの気持ちを鮮やかに呼び覚ましてくれる。たとえばこんな「風」を感じた瞬間のことも。

散髪の帰りの道で会う風が風のなかではいちばん好きだ

この一首が載っている『食器と食パンとペン』という本で短歌と出会った尾崎ゆうこさんから、初夏のある日にメールが届いた。「あの日の風を記憶するわたしの31字」というプロジェクトの一環として、がんサバイバーの方への短歌のレッスンをお願いしたいとのこと。「あの日の風を記憶する」という言葉に惹かれた。サバイバーの方が感じた忘れがたい瞬間を、短歌のかたちに残す。その手がかりに自分がなれるのなら、やれることは全てやりたいと思った。

短歌は、大きな物語を収めるには小さな器である。けれどその小ささは、ほうっておくと零れ落ちていくようなシーンを掬ってくれる。「がん」という大きな出来事を経験した皆さんの、一人ひとりの小さな物語を掬い、自分自身のお守りになるような歌を残してもらいたい。そんな思いでレッスンを始めた。

僕の短歌教室では、短歌と共に、その短歌を書かせる動機となった心の動きを「短歌のたね」として提出してもらう。創作の「たねあかし」なんて、普通は野暮とされるものだ。ただ、僕にとって短歌をつくるということは、心が動いた瞬間を歌に再現するために、言葉を選び、その並びや音の響きを検討することである。だから、推敲の糸口を見つけるにあたって、「短歌のたね」がどのような芽を出しているかを観察することが大切なのだ。

教室に寄せられた皆さんの「短歌のたね」は、一つひとつ違う輝きを持っていた。同じがんという病でも、告知をされた日や入院の日々、手術や退院のとき、そのそれぞれのシーンの喜怒哀楽に、一様ではない風が吹いている。一方で、短歌になると、内容が均一化しているように感じることもあった。「たね」に内包されていた小さな物語が、大きな物語に吸収されているような感覚。「同じ境遇にある人にエールを送りたい」という思いが強いのかもしれない。そこで、まずは自分自身に手紙を書くように書いてみてほしいとお伝えした。自分にしかわからなくてもいいから、心が動いた瞬間のことを歌にそのまま表してみてほしい、と。

短歌は、心の動きを再現できたとき、一首のなかに風が吹く。短歌の投稿はGoogleのクラスルームというサービスで随時受け付けていた。通知が届いて推敲された短歌を読むたびに、確かな風を感じられるようになっていった。スマホの画面を前に、何度ふい打ちに心を揺さぶられたかわからない。本になった姿を目にする前から、どのページを開いても風が吹いていることを確信している。いま、同じ時代を生きている、26人の女性がんサバイバーたちの小さな物語。一つひとつに異なる祈りが込められて、そのまなざしはそれぞれに美しい。

26人のがんサバイバーの皆さんへ

短歌をつくる過程で、「忘れたくないこと」だけでなく、「忘れたかったこと」を思い出すつらい時間があったかもしれません。でも、うれしかったこともつらかったことも、確かに生きた記憶として残すことで自分の地層になる。その層があるから、新しい暮らし、新しい時間、新しい空気のなかで生きていくことができる。皆さんが手に入れた「口ずさめるお守り」が、これからの日々を支えてくれる。そう信じています。だから、安心して忘れてください。必要なときにはいつだって、短歌があの日の風を運んできてくれるから。

あとがき

二〇一九年、三十六歳でがんを告知されたわたしは闘病に関する情報が欲しくてSNSをさまよっていました。闘病アカウントで出会ったのは、AYA世代と呼ばれる若年世代の女性がんサバイバーたち。人知れず数えきれないほどの涙を流した彼女たちの、それでも前に進もうとする言葉に何度も心を救われました。

がんになって初めて見えた世界がある。私たちは決してかわいそうな人生なんかではない。

二〇二〇年春、そんな彼女たちの言葉を短歌に紡ぎ一冊の本にしたいとの思いから「あの日の風を記憶するわたしの31字」プロジェクトが始まりました。本書は二十六名の参加者が制作したサバイバー短歌を一冊の本に収めた短歌集です。

出版にあたっては、本当にたくさんの方が関わってくださいました。

参加者への短歌レッスンから出版まで、木漏れ日のように見守ってくださった岡野大嗣さん、作り手の声に丁寧に寄り添ってくださった左右社さん、デザイナーの北野亜弓さん、装画の西淑さん、READYFORを通じ出版費用を支援してくださった一三二名の支援者の皆さま、本当にありがとうございました。作り手の皆さんと、運営を支えてくれた清水彩さん、炭酸水子さん、マツイアヤコさん、石原裕子さん、岡村和樹さんにも感謝の意を。

この本を手にした皆さんの心にも、あたたかな光が灯りますように。

二〇二一年　春をまつ日に

尾崎ゆうこ

あの風プロジェクト 執筆者プロフィール

●ａｚｕ
三十四歳で乳がん告知、ホルモン治療中。二児の母で趣味はキャンプ。
P.30／P.62-3

●石原 裕子（いしはら・ゆうこ）
二〇一二年十月からサバイバル。ハマった！五七五七七と短歌に。
P.50／P.63-1／P.65-1／P.69-2／P.73-1／P.93

●糸田 おと（いとた・おと）
三十三歳で乳がん告知。ホルモン治療中。猫と音楽と植物が好き。
P.32／P.61-3／P.63-2／P.67-2／P.68-2／P.70-1／P.78-1／P.83-2

●植田 ゆり（うえだ・ゆり）
三十三歳で乳がんステージ4と診断。犬とふたり暮らし。
P.42／P.73-3／P.75-2／P.76-3／P.80-2／P.82-2,3／P.83-1／P.100

●尾崎 ゆうこ（おざき・ゆうこ）
二〇一九年に告知。おうち時間が楽しくて、時間が足りない。
P.34／P.72-2／P.77-2／P.80-1

●織ひめ（おりひめ）
インド旅行が価値観ではなく人生変えるがん診断のきっかけだった。
P.44／P.67-3／P.81-2,3

●加藤 那津（かとう・なつ）
ＡＹＡ世代で遺伝性乳がんに。現在ステージ４で治療と終活の両立中。
P.56／P.61-1／P.73-2／P.98

●ｋａｎａ
子宮頸癌サバイバーです。双子の母です。
P.46

●金塚 敬子（かなつか・けいこ）
希少がん・胸腺腫を経験し、「人生をもっと楽しむプロジェクト」進行中。
P.54／P.64-1.3／P.71-2／P.75-3／P.78-2／P.79-3／P.88

●ＫＵＵ
健康だけが取り柄だったサバイバーです。
P.28／P.79-2

●佐々木 千津（ささき・ちづ）
転移性脳腫瘍治療中のアクティブ女子です。
P.18／P.76-1／P.90

●清水 彩（しみず・あや）
子宮頸がん１ｂ１が判明し子宮を失って二年。元気で頑張ってます！
P.40／P.74-1／P.74-3

●炭酸水子（たんさん・すいこ）
十七歳で癌告知。現役女子大生癌サバイバー、日々苦戦続きも奮闘中。

P.12／P.75-1／P.87

●中川 裕子（なかがわ・ゆうこ）

一九八五年生まれ。第二子出産直後に、下行結腸癌を宣告される。

P.10／P.62-1／P.63-3／P.65-2／P.68-3／P.92

●猫由（ねこよし）

子宮体癌経験者。外資で働く管理職。空手の稽古と夫と猫が好き。

P.24／P.72-1／P.89

●はろさん

三十七歳で両側乳癌、その一年後子宮体癌に。内服治療中の助産師です。

P.36／P.66-2／P.86

●ヒダノマナミ

がんサバイバー系YouTuberとして自身の経験を発信しています。

P.16／P.81-1／P.99

●ひびの祈り（ひびのいのり）

太陽牡羊座月天秤座。水と緑が好き。創作と表現の旅を続けている。

P.26／P.60-1／P.68-1／P.74-2／P.76-2／P.77-1／P.94

●不二子（ふじこ）

結婚三カ月で子宮がんにより妊孕性を失う。がん経験者支援に携る。

P.22

●マツイアヤコ

遺伝性乳がん。AYA世代で罹患し、局所再発治療中。趣味は旅と山とラン。がん経験者支援も。

P.6／P.64-2／P.67-1／P.69-1,3／P.70-2,3／P.96

●ｍｏｅ

三十歳で子宮体がんの告知を受け、妊孕性温存治療を選択。

P.14／P.62-2／P.97

●ｍｏｍｏ

手術、追加治療を経て、もうすぐ二年。笑顔な日々を過ごせてます。

P.38

●盛川 水砂（もりかわ・みさ）

二〇一八年勤務先の検診で乳がんが見つかり、全摘、再建。エスニック料理好き。

P.52／P.60-2／P.61-2／P.71-1／P.79-1／P.80-3／P.82-1

●ｙｕｔｔｙ

Instagramでイラストによる闘病記や日々の事を書いております。

P.8

●ｙｏｓｓｙ

三十五歳で乳がんと診断。十年と＋αを経て猫の兄妹と暮らしています。

P.20／P.95

●ｒｉｎａ

二十五歳、乳癌告知を受け、明るく前向きに活動しています。

P.48／P.66-1／P.91

支援者一覧

クラウドファンディングにご協力いただいた皆さま（敬称略）

岡野大嗣

株式会社カレッジ

齊藤和裕

酒井邦子

酒井慎介

酒井哲郎

鮒谷周史

松井秀文

渡邉 淳

その他、123名の支援者の皆さまにも深く御礼申し上げます。

黒い雲と白い雲との境目にグレーではない光が見える

二〇二一年二月二十五日　第一刷発行

著者　26人のがんサバイバー　あの風プロジェクト
監修　岡野大嗣
イラスト　西淑
装幀　北野亜弓（calamar）

発行者　小柳学
発行所　株式会社左右社
東京都渋谷区渋谷二-七-六-五〇二
TEL　〇三-三四八六-六五八三
FAX　〇三-三四八六-六五八四
http://www.sayusha.com

印刷所　創栄図書印刷株式会社

 ISBN978-4-86528-017-3